Ralf Neubohn (Herausgeber)

Carmen Neubohn

Michael Kerawalla

Weihnachten mit dem literarischen Kleeblatt

Originelles zur Weihnachtszeit

Ralf Neubohn (Herausgeber)

Carmen Neubohn

Michael Kerawalla

Weihnachten mit dem literarischen Kleeblatt

Originelles zur Weihnachtszeit

Bibliografische Information der Deutschen Nationalbibliothek
Die Deutsche Nationalbibliothek verzeichnet diese Publikation
in der Deutschen Nationalbibliografie;
detaillierte bibliografische Daten sind im Internet
über www.dnb.de abrufbar.

Herstellung und Verlag: BoD – Books on Demand, Nordersted

ISBN: 978-3-7504-1060-2

Inhalt

Vorwort des Herausgebers Ralf Neubohn............................6

Ralf Neubohn: Nikolausbesuch............................ 8

Weihnachten im Schnee............................ 9

Der Schneemann............................ 10

Rudolf das Rentier............................11

Der Weihnachtsmann auf der Gartenschau............................ 12

Fest der Liebe?............................ 13

Die Gans Lisa............................14

Weihnachten mit Ludwig P. Lesi-Les............................ 16

Nachwort............................17

Zugabe, Zugabe............................18

Ein Neuanfang............................19

Der Kini............................22

Übertrumpft?............................28

Heiliger Stress............................29

Besinnlichkeit............................30

Weihnachtsüberraschung............................31

Die Entführung............................34

Die Weihnachtsfrau............................35

Königlicher Besucher............................36

Carmen Neubohn: Der Tausch............................ 37

Wichtiger Hinweis............................ 44

Michael Kerawalla: Young Carers............................ 46

Über die Autorinnen und Autoren dieses Buches............. 50

Vorwort des Herausgebers Ralf Neubohn

Liebe Leserinnen und Leser,

unser neuestes Büchlein hat viele Gabentische geziert. Wir freuen uns ganz besonders darüber, dass es auch Ihnen an den Feiertagen abwechslungsreiche Unterhaltung bieten wird.

Wir wünschen Ihnen frohe Feiertage und viel Lesegenuss!

Ihr literarisches Kleeblatt

Ralf Neubohn

Nikolausbesuch

Am 6. Dezember kam der literarische Nikolaus zu dem Autoren Ludwig P. Lesi-Les und fragte: „Warst Du auch immer artig? Oder muss ich Dir mit der Kritikerfeder ein paar Stiche versetzten?"

Ludwig flüsterte ganz artig: „Ich war immer sehr brav und habe schrecklich traurige Romane geschrieben, über die viele Menschen bitterlich weinten."

„Das ist sehr schön! Das Leben ist hart und ernst und muss auch genauso beschrieben werden. Es ist kein Raum für Spaß im Leben. Was heißt eigentlich das P. in deinem Namen?"

Ludwig erklärte: „Das P. steht für Parzifal."

Darüber lachte der Nikolaus dröhnend, bis ihm die Tränen kamen. Wieder hatte Ludwig P. Lesi-Les jemand zum Weinen gebracht, wenn auch anders als sonst.

Weihnachten im Schnee

Die beliebte Autorin Berta Babbelbergle verbrachte ihr Weihnachtsfest in einem Hotel in den Bergen. Auf einem Spaziergang traf sie auf die Hotelbesitzerin und wollte ihr nur ein paar kurze Worte sagen. Während ihres Redeschwalls begann es ganz langsam zu schneien. Gemächlich rieselte der Schnee auf die Dauerrednerin herunter, während sie nur noch dies und das kurz erwähnte.

Lange bevor sie sich alles vom Herzen gesprochen hatte, war, sie völlig eingeschneit. Die Bergwacht musste ausrücken, um Berta freizuschaufeln. Und wenn sie nicht gestorben ist, so babbelt sie noch immer ein paar kurze Worte.

Der Schneemann

Der Schneemann stand schon ein paar Tage auf der Wiese. So langsam taten ihm die Füße weh. Er beschloss, sie durch etwas laufen wieder aufzulockern. Auf seinem Weg dachte er über vieles nach. So etwa: „Wie sterben eigentlich Schneemänner?" Grübelnd stapfte er an einem Haus vorüber. Neugierig beschloss er, einen kurzen Blick hinein zuwerfen. Drinnen feierte die Familie fröhlich Weihnachten. Vor Rührung schmolz er förmlich dahin. „Aha, so sterben also Schneemänner", war sein letzter Gedanke.

Rudolf das Rentier

Alle Welt kannte Rudolf, das Rentier mit der roten Nase. Kurz vor Weihnachten wollte der sensible Rudolf nicht mehr, dass jeder über seine stets rote Nase sprach. Er hüllte sich in Schals ein, nahm einige Erkältungsmittel und tatsächlich: Seine rote Schnupfennase verschwand und wich einer ganz normalen Nase. Stolz nun wie alle Rentiere zu sein, begab er sich zum Weihnachtsmann. Dieser fragte: „Wer bist Du? Was willst Du hier?" Rudolf erwiderte gekränkt: „Ich bin doch Rudolf, das weltbekannte Rentier mit der roten Nase!" Der Weihnachtsmann antwortete: „Das kann gar nicht sein! Du hast ja noch nicht mal eine rote Nase!"

Ähnlich ging es Rudolf auch mit den Rentieren, die den Schlitten zogen, und den Kindern, denen sie Geschenke brachten.

Rudolf seufzte erleichtert auf, als Weihnachten zu Ende ging! Sofort eilte er ohne Schal in ein kaltes Gletschergebiet, um wieder eine rote Nase zu bekommen und diese für immer zu behalten.

Der Weihnachtsmann auf der Gartenschau

Auf dem Gartenschaugelände rief ein kleines Kind voller Freude: „Schau mal Mami, der Weihnachtsmann!"

Die Mutter tadelte das Kind: „Aber Harold! Der Weihnachtsmann kommt erst im Dezember! Doch nicht jetzt schon!"

Doch das Kind blieb hartnäckig: „Bestimmt besucht er öfters Gartenschauen. Er muss ja schließlich in seiner Freizeit irgendwas machen. Mensch, wie viele Bücher er mit sich trägt!"

Nun hatte auch die Mutter den Weihnachtsmann erspäht. Unglaublich, es gab ihn also wirklich! Vor ihnen lief er mit seinem roten Mantel, der Mütze und vielen Buchgeschenken in der Hand. Nicht zu fassen!

Noch jahrelang erzählte sie allen Menschen, wie ihnen der Weihnachtsmann auf der Gartenschau über den Weg lief. Es fehlte nicht viel und man hätte die arme Frau in eine Anstalt eingewiesen.

Was Mutter und Kind nicht wissen konnten: Die Gestalt war gar nicht der Weihnachtsmann gewesen, sondern Ralf Neubohn. Beladen mit Büchern für seine Lesung und noch in Bademantel und mit Schlafmütze bekleidet, weil er mal wieder verschlief. Alte Greise wie er brauchen eben viel Schlaf.

Fest der Liebe?

Schenken, kaufen,

im Kaufhaus die Füße wund laufen.

Schenken, kaufen,

im Geschenkberg ersaufen.

Schenken, kaufen,

sich im Stress die Haare raufen.

Kaufen, schenken,

den überfüllten Einkaufswagen zur Kasse lenken.

Kaufen, schenken,

den Kontostand deutlich absenken.

Kaufen, schenken,

vielleicht mal nebenbei an die Weihnachtsbotschaft denken?

Die Gans Lisa

Die Gans Lisa saß während des Marktes auf der Straße und sorgte sich sehr. Sie hatte davon gehört, dass Tiere dort oft gekauft wurden und dann in völlig überfüllten Ställen leben mussten. Wie schrecklich!

Hoffentlich blieb ihr dies erspart. Endlich kam ein nett aussehender Mann und kaufte sie ihrem Bauern ab. Vielleicht ging es ja gut, weil er sonst keine weiteren Gänse kaufte.

In ihrem neuen Heim untergebracht, besah Lisa sich das weiß gekachelte Zimmer in Ruhe. Vor ihr stand ein großes Behältnis. Sie flatterte darauf und sah einen Karpfen darin schwimmen. Lisa sprach ihn an: „Hallo Du! Wir haben ja ein schönes, geräumiges Zuhause!" Doch der Fisch erwiderte: „Wir sind hier in der Küche. Das ist für Tiere ein Tal des Todes. Wir kommen hier nicht mehr lebend raus!"

Lisa wollte das gar nicht glauben. Der Mann, der sie kaufte, sah doch so nett aus! Während sie noch erzürnt mit dem Karpfen diskutierte, kam ihr neuer Besitzer mit einem Messer herein. Lisa wusste nun, dass der Karpfen sie nicht angelogen hatte. Denn früher auf ihrem Bauernhof kam nie jemand mit einem Messer in den Stall.

Ohne lange zu überlegen, schnappte sie sich den protestierenden Fisch mit ihren Füßen und begann aufgeregt mit ihm in der Küche rumzuflattern. Ihr neuer Besitzer fluchte fürchterlich und drohte ihr einen ganz besonders schlimmen Tod an, wenn sie nicht sofort runterkäme. Doch Lisa suchte weiter nach einer Fluchtmöglichkeit. Ein paarmal erwischte sie der Mann um ein Haar. Wohin konnte sie nur fliehen? Lange konnte das nicht mehr gut gehen.

Da sah Lisa ein offenes Fenster und flog mit dem Fisch rasch hindurch, weit, weit fort. Sie gelangten an einen See, wo sie fortan glücklich wohnten. Bei den Tieren dort wurde das Ausbrecherpaar sehr berühmt und jedes Jahr feierten sie alle zusammen zu Weihnachten die gelungene Flucht.

Weihnachten mit Ludwig P. Lesi-Les

Mein Freund Ludwig, vielen Lesern aus einigen meiner Gartenschaubücher bekannt, lud mich mal wieder zu einem „kleinen" Weihnachtsimbiss ein. Da ich Ludwigs Kochkünste kannte und fürchtete, wollte ich wie jedes Jahr mit „tiefem Bedauern" absagen. Doch diesmal gelang es mir leider nicht. Ludwig sprudelte förmlich vor Begeisterung: „Das wird DAS Weihnachtsdinner, Du wirst es nie vergessen." Schließlich gab ich seufzend nach und stand an Weihnachten an Ludwigs offener Wohnungstür. Vom Gastgeber weit und breit nichts zu sehen. Besorgt schlich ich in die Wohnung. Keine Geräusche, bei Ludwig etwas Ungewöhnliches. Aus der Küche kam mir ein furchtbarer Gestank entgegen. Es roch faulig süßlich, gleichzeitig penetrant stechend. Der Geruch ließ nur zwei Möglichkeiten offen: Entweder lag mein Gastgeber seit Wochen hingemeuchelt tot in der Küche oder er bereitete eines seiner üblichen „Gourmetessen" vor. Ich hoffte auf einen hingemetzelten Gastgeber, doch sein: „Essen ist gleich fertig" raubte mir alle Hoffnung und Lebensfreude. Das Leben ist wirklich hart. So hart wie Ludwigs Steaks und die Unmengen an verkochten Speisen. Noch Wochen später plagte mich zumindest eine schwere Magenverstimmung. Ob dies von der Menge oder von der Qualität der Speisen kam, blieb ungeklärt. Mein Arzt tippte anfangs auf Magendurchbruch, was wohl besser für mich gewesen wäre. Aber bei dieser Kochaffäre blieb ich glücklos und musste viel länger leiden. Ludwig hatte Recht: Dieses Weihnachtsessen vergaß ich nie!

Ich wünsche Ihnen ein glückliches Weihnachtsfest und hüten Sie sich vor „kleinen" Weihnachtsimbissen!

Ralf Neubohn

Nachwort

Liebe Leser,

Sie sind nun an das Ende des ersten Teils unseres kleinen Büchleins gekommen. Wir hoffen, Sie gut und abwechslungsreich unterhalten zu haben.
Falls Sie beim Lesen auf den Geschmack gekommen sind und den einen oder anderen Autoren für sich entdeckt haben, so gibt es von diesen viele weitere schöne Bücher bei mir im Laden zu entdecken.

Falls Sie nach dem Lesen dieses Buches noch Fragen, Anregungen, Vorschläge haben, können Sie sich gerne mit mir in Verbindung setzen. Ich bin offen für kreative Ideen. Ralf Neubohn, Antiquariat der Nöck, Zwerchgasse 6, 71332 Waiblingen, Telefon 07151 1336165, E-Mail: antiquariat.noeck@gmx.de
Unter dieser Adresse können Sie sich auch bei mir melden, falls Sie einmal eine Lesung buchen wollen.

Mit freundlichen Grüßen und bis bald?

Ihr

Ralf Neubohn

Zugabe, Zugabe

Für alle Leser/innen welche unsere letzte Weihnachtsanthologie leider verpassten, hier als kleine Zugabe, als Schmankerl oder gar als Betthupferl ein paar Texte von mir daraus.

Viel Spaß beim Lesen!

Ein Neuanfang

Am Weihnachtstag umschlich Björn vorsichtig das großzügig erbaute Strandhaus. Niemand schien sich darin aufzuhalten, doch dies konnte leicht täuschen. Deshalb versteckte er sich hinter einer großen Sanddüne und belauerte von dort aus das Haus noch ungefähr eine Stunde. Als sich dann dort noch immer nichts regte, schritt er entschlossen zur Hintertür und knackte sie schnell mit einem Dietrich. Darin besaß er schon so viel Gewandtheit, dass es problemlos klappte. Langsam betrat er durch die Tür das Haus und ging behutsam durch alle Räume. Sie waren luxuriös ausgestattet und bildeten für Björn eine Art nobles SB-Geschäft. Lange zögerte er, was er von den vielen Sachen mitnehmen sollte und entschied sich dann.

Schwer bepackt verließ er um sich spähend das Haus, stapfte frohen Mutes nach Hause. Dazu machte er aber einen kleinen Umweg am Meer entlang, um seine Spuren zu verwischen. Eine Vorsichtsmaßnahme, die er nie unterließ.

Das Jahr schien wie alle anderen zu enden. Wie immer hatte er in einigen leer stehenden Häusern eingebrochen und Wertgegenstände gestohlen. Besonders stolz war er auf den großen Fernseher, den er eben mitnahm. Diesen wollte er seiner Frau abends zu Weihnachten schenken. Björn stahl niemals für sich selbst, sondern nur um anderen auch etwas schenken zu können. Meist beschränkten sich diese Diebstähle auf Weihnachten, aber gelegentlich brach er auch Ostern oder wegen anderer Anlässe ein. Denn für großzügige Geschenke besaß er kein Geld. Anfangs stahl er noch mit schlechtem Gewissen, doch inzwischen machte es ihm einfach Spaß. Er kam so zu schönen Geschenken für seine Familie und erhielt nebenbei noch einen aufregenden Nervenkitzel.

Björn lief etwas oberhalb der Meeresbrandung, damit der Fernseher nicht von Gischtperlen erreicht wurde.

Denn das salzige Meerwasser konnte diesem hochempfindlichen Gerät sehr schaden, wenn es durch die Lüftungsritzen eindrang.

Die Sonne stand hoch am Himmel, als er auf einmal den Polizisten aus seinem Dorf entgegenkommen sah. Björn fluchte laut vor sich hin, hätte er doch nur besser aufgepasst!

Er konnte dem Dorfpolizisten nicht mehr ausweichen.

Nun war er aus Unvorsichtigkeit auf frische Tat ertappt worden, welch eine Schande für ihn und seine ahnungslose Familie. Wäre er doch nie vom Pfad der Tugend abgewichen!

Der Polizist kam näher und näher. Der Schweiß lief Björn übers Gesicht, er begann vor Angst zu schwanken.

Noch reagierte der Polizist nicht, aber sobald er Björn bemerkte, musste ihm die Lage sofort klar sein. Denn Björn konnte sich einen großen Fernseher bekanntlich nicht leisten. Außerdem wurde in letzter Zeit viel über die Einbruchserie an ihrem Teil der Küste geredet.

Im Geiste hörte Björn schon die Handschellen klicken und seine Familie vor Kummer weinen. Doch der Polizist lief ohne Björn anzusprechen einige Meter an ihm vorbei. Björn starrte ihm erstaunt hinterher. Hatte den Polizisten die Sonne geblendet? Oder befand er sich so tief in Gedanken, dass er Björn nicht sah?
Björn blickte dem sich langsam entfernenden Wachmann noch eine Weile nach. Plötzlich fiel ihm etwas Unheimliches auf: Der Polizist hatte keine Fußspuren im feuchten Sand hinterlassen!

Vor Schreck ließ er den Fernseher fallen und nach einer Weile leerte er auch seine Taschen von Diebesgut und warf es erleichtert ins Meer.

An dieses Erlebnis dachte Björn noch lange zurück, als er von nun an auf dem Pfad der Tugend wandelte und ihn nicht ein einziges Mal mehr verließ.

Der Kini

Die Neugier ist immer ein schlechter Berater. Wir lassen uns durch sie auf Sachen ein, die wir hinterher bitter bereuen. Meinen wir dann mit der Zeit aus dem Schaden klug zu werden, fallen wir alsbald wieder auf unsere verhängnisvolle Neugier herein. Sie dreht uns, so oft sie will, eine lange Nase. So erging es mir auch zur Weihnachtszeit 2018. Ach, wie bitter habe ich meine Vorwitzigkeit bereut!

Von jeher hatte mich das Leben des bayrischen Märchenkönigs Ludwig II. interessiert. So viele Sagen und Legenden umranken sein kurzes Leben, dass bis heute niemand feststellen konnte, was davon Wahrheit, Halbwahrheit und was völlig erfunden war. Schon zu Lebzeiten Ludwigs begann die Legendenbildung, zu der seine Freunde und Feinde gleichermaßen beitrugen. Wer will schon entscheiden, ob Graf X in seinen Memoiren damals log oder ob der Sekretär Y vor dem Ausschuss falsch aussagte?

Da sein Vater Maximilian ihn nicht beizeiten auf seine Rechte und Pflichten als König vorbereitete, bestieg Ludwig II. nach dessen Tod mit 18,5 Jahren fast völlig unvorbereitet den Thron Bayerns.

Im Laufe seiner Regentschaft lernte er aber schnell dazu, so dass sich sogar Bismarck von ihm beeindruckt zeigte und in sein Arbeitszimmer ein Bild Ludwigs aufhängen ließ. Er blieb auch in ständigem schriftlichen Kontakt mit dem König, was bei einem so mit Arbeit überhäuften Menschen wie Bismarck viel hieß. Ein so politisches Leichtgewicht, wie die Gegner Ludwigs behaupteten, konnte der König also nicht sein.

Sicher lag er mit seiner Politik nicht immer richtig, das hing vor allem im finanziellen Bereich mit seinen Beratern zusammen, die ihn aus Eigennutz im Unklaren über die wahren Zustände ließen. So blieb er zu seinem Verderben zeitlebens in ihrer Hand.

Als die Politiker eines Tages doch noch um ihren Machterhalt fürchten mussten, ließen sie den König einfach von vier Ärzten für verrückt erklären und absetzen. Dabei muss darauf hingewiesen werden, dass die Ärzte ihn vorher nicht untersucht oder gesprochen hatten. Sie stützten sich nur auf Material, das ihnen von den Gegnern des Königs präsentiert wurde. Entlastungsmaterial von anderer Seite wurde dabei nicht berücksichtigt.
Ein mehr als fragwürdiges Verfahren.

Sicherlich besaß der König, wie die meisten Herrscher, einige Verschrobenheiten, wie z.B. seine Bauwut. Diese betrieb er aber in der Meinung genug Geld zu haben, da er den falschen Angaben seiner Berater glaubte. Außerdem ist Bauwut für einen Herrscher nicht unbedingt ein Zeichen, dass er verrückt ist. Denn sonst müssten in der Geschichte der Menschheit nachträglich unzählige Herrscher für verrückt erklärt werden und auch einige Menschen, die heute in aller Welt regieren.

Als Bismarck von den Vorgängen in Bayern hörte, meinte er: „Der Irrenarzt als Königsbeseitiger bleibt mir bedenklich. Ich vermute Intrigen und habe den Eindruck, dass die bayrischen Minister, weil sie sich nicht halten können, den König schlachten wollen."

Wie so oft, hatte Bismarck auch hier vermutlich wieder den Nagel auf den Kopf getroffen.

Nach seiner Entmündigung und Inhaftierung ertrank der König nach einem Spaziergang zusammen mit einem seiner Ärzte auf mysteriöse Art in einem See.

Ein gescheiterter Fluchtversuch? Ein Unfall? Selbstmord verbunden mit Mord? Oder hatten einige seiner Gegner ganz sicher gehen wollen? Fragen, die wohl auf ewig ungeklärt bleiben.

All dies reizte mich auf einer Reise nach Bayern, auf den Spuren des Königs. Hätte ich sie bloß nie angetreten!

Als ich am Ende meiner Wallfahrt durch Schloss Neuschwanstein umherschlenderte, fiel mir ein anderer Besucher auf, der gebannt vor einem Bild des verstorbenen Ludwig II. stand. Der Betrachter befand sich in den 40er Jahren, besaß einen kräftigen Körperbau und sah wie ein typischer Einheimischer aus, wobei ihn die Lodenkleidung nicht unwesentlich verriet.

Dass jemand sich so von dem Ludwig II. Porträtbild verzücken ließ, überraschte mich doch einigermaßen. Ich interessierte mich zwar auch für ihn, aber nur wegen des Mysteriums über sein Leben und Sterben. Nicht so sehr für die Person an sich. Die Zeit der bayrischen Monarchen lag schließlich schon lange zurück. Wer in unserer modernen Konsumgesellschaft interessierte sich überhaupt noch für Könige?

Halb ironisch sprach ich den einheimischen Besucher an: „Ja, ja, schade, dass es die Monarchie in Bayern nicht mehr gibt.“

Der Mann drehte sich betont langsam zu mir um, musterte mich mit tadelnden Blick und stellte mit überlegenem Tonfall fest: „Der Kini hat uns nie verlassen!“

Mit dieser Bemerkung ließ er mich ratlos zurück und entfernte sich verärgert in raschem Tempo. Was sollte ich mit diesem Kommentar anfangen? Nach einer Weile fiel mir die alte Legende ein, anstelle

Ludwigs sei damals eine Art Double gestorben, und der König sei in die Wälder zu der ihn liebenden Bevölkerung geflohen. Diese alte Sage hielt sich seinerzeit lange aufrecht, da der König bei seinem Volk äußerst beliebt war und daher niemand an seinen Tod glauben mochte. Zumal sein Tod eben auch voller Rätsel steckte. Die Beliebtheit des Königs stammte von seiner Angewohnheit her, sich ganz ungebunden unters Volk zu mischen. So klopfte er mehr als einmal abends in einer Holzfällerhütte an oder betete in seiner schlichten Kapelle des Volkes.

Dass selbst heute noch jemand an das Weiterleben Ludwigs glaubte, erschütterte mich doch sehr. Denn selbst wenn er seinerzeit wirklich entkam, müsste nach so langer Zeit seine Lebensuhr trotzdem schon abgelaufen sein.

Nach diesen Überlegungen setzte ich meinen Rundgang durch Schloss Neuschwanstein fort. Eine kleine Rast legte ich vor einem imposanten Bild des Königs ein, welches ihn auf einem von Fackeln erleuchteten Schlitten zeigte. Es musste prächtig gewesen sein, so durch die waldreiche Umgebung zu fahren. Zwei edle Pferde zogen den Schlitten in raschem Galopp und der eine oder andere Bauer stand freundlich winkend in der hereinbrechenden Abenddämmerung am Wegesrand.

Die herrlichen Farbkontraste und die Lebendigkeit der Szene machten das Bild zu einem wahren Meisterwerk. Nichts wirkte gekünstelt, nichts störte das Auge. Dieses Bild beeindruckte sogar mich, obwohl ich ansonsten keine große Neigung zu Gemälden besaß.

Bei meinem weiteren Rundgang bewunderte ich noch viele verschiedene Dinge, die alle aufzuzählen unmöglich ist. Schloss Neuschwanstein ist einfach ein Traum und lädt zum Träumen ein. Das lässt sich nicht beschreiben, das muss jeder selbst erleben.

Als ich gegen Abend endlich das Schloss verließ, beschloss ich zu Fuß zu meiner abseits gelegenen Pension zu gelangen. So ein kleiner Abendspaziergang durch den Wald konnte mir nur guttun. Zumal ich gerne durch den frisch gefallenen Schnee stapfte. Der Wald um das Schloss glich einer verzauberten Winterlandschaft. Vertraut und doch irgendwie entrückt.

Wie es nun mal im Leben so geht, kam ich im Wald nicht so schnell vorwärts, wie ich es mir vorstellte. Der Schnee klebte zäh an meinen Füßen, verschneite Baumstümpfe entpuppten sich als gefährliche Hindernisse. Die immer schneller hereinbrechende Dunkelheit tat ihr Übriges dazu, mein Tempo zu verlangsamen.

Als ich noch eine Viertelstunde von meiner Pension entfernt war, hörte ich plötzlich das Traben von Pferden.

„Wer reitet denn in dieser Dunkelheit noch herum?", ging es mir erstaunt durch den Kopf. „Das ist doch viel zu gefährlich!" Langsam drehte ich mich um, konnte aber zuerst nichts sehen. Allmählich erschien in meinem Blickfeld ein von zwei Pferden gezogener Schlitten. „Dass es so etwas heutzutage noch gibt!", wunderte ich mich. Durch zwei mächtige Fackeln, die den Schlitten beleuchteten, konnte ich undeutlich zwei Gestalten darauf erkennen. Beim Näherkommen erkannte ich eine Art Postillion vorne auf dem Schlitten und dahinter eine tief vermummte Gestalt. Diese nahm ich gespannt ins Auge, denn wer konnte sich in unserer Zeit noch solchen Luxus leisten? Bestimmt irgendein Neureicher! Vielleicht kannte ich sein Gesicht sogar aus irgendeiner Wirtschaftszeitung.

Der Fahrgast auf dem Schlitten wirkte imposant, trotz Vermummung. Eine kräftige Gestalt, dabei doch von edlem Gesichtsausdruck. Vielleicht etwas zur Melancholie neigend.

Rasch wie im Traum fuhr der Schlitten an mir vorbei und ließ mich im Dunklen zurück. Als meine Augen sich langsam wieder der Dunkelheit anpassten, setzte ich meinen Weg fort. Dabei überlegte ich die ganze Zeit, woher mir die Gestalt auf dem Schlitten nur so bekannt vorkam. Irgendwoher kannte ich sie. Doch wie sehr ich mich auch anstrengte, der Name fiel mir nicht ein. Vielleicht einer der Gäste aus meiner Pension? Aber die konnten sich so einen Luxusschlitten wohl nur schwerlich leisten. Aus dem Fernsehen kannte ich die Person aber auch nicht. Vielleicht erinnerte mich der Fahrgast an einen Bekannten von mir?

Während ich grübelnd weiterlief, zuckte ich plötzlich heftig zusammen. Ich wusste nun, an wen mich die Gestalt und der ganze Schlitten samt Pferden und Postillion fatal erinnerten.

„Der Kini hat uns nie verlassen!", spukte es mir damals noch lange im Kopf herum und macht mir noch heute manchmal zu schaffen.

Übertrumpft?

Die Stadt Quellburg hielt sich für den Nabel der Welt. Darum musste bei ihnen natürlich alles größer und besser sein, als anderswo. Doch bei der Gartenschau schienen sie sich die Zähne ausbeißen zu müssen. Mehrfach besichtigten sie die Gartenschauen an Rems und Neckar, veranstalteten viele Sondersitzungen im Quellburger Rathaus, doch nichts fiel ihnen ein. Alles was sie in Heilbronn und an der Rems sahen, war perfekt. So perfekt geplant und durchgeführt, dass es nicht zu übertrumpfen ging. So allmählich begann sich Verzweiflung breitzumachen. Wie die Blumenbeete in Heilbronn übertreffen? Mit was die Remsterrassen, Kuben, Remsinseln, Remsstrand überflügeln? Nichts, aber auch gar nichts konnte besser gemacht werden.

Da sagte ein Buchantiquar, selbst ein Örtchen wie Quellburg besaß einen: „Wir haben das falsch angepackt. Im Sommer können wir die Konkurrenz nicht ausstechen. Aber in einer anderen Jahreszeit!"

Verblüfft hörten sich die Stadtoberen die raffinierten Pläne des Buchantiquars an, um sie anschließend unter großem Jubel zu feiern. Für seine überragende, geniale Idee erhielt der Antiquar im Gegensatz zu vielen seiner Kollegen eine große Ehrung der Stadt. Und als im Sommer 2019 die anderen Gartenschauen endeten, stieg die einzigartige, konkurrenzlose „Winterschau" in Quellburg. Und von nah und fern kamen die Touristen, um die Attraktionen zu sehen: Eisblumen, Schneesterne, sowie besonders bizarre Eiszapfen. Zum Trinken gab es biologischen Schneetee für die Gäste und zum Essen frisch aus dem Fluss gehauenes, veganes Ökoeis zum Schlotzen. Der Eiskaffee machte seinem Namen alle Ehre! Im Kaffee schwammen wie Eisberge im Nordpool große Eisstücke.

Zu Weihnachten erschien der Buchantiquar verkleidet als Weihnachtsmann und schenkte allen braven Kindern auf der Gartenschau Bio-Limonadeneiszapfen.

Mal wieder hatte es Quellburg allen gezeigt. Dachten sie. Doch was es im Sommer 2019 an Gartenschauen gab, wird wohl nie übertroffen werden. Hip, hip, Hurra!

Heiliger Stress

So mancher Heiliger
ist gar ein Eiliger.

Laufend muss er Wunder tun,
kommt kaum noch zum Ruhn.

Welcher Stress für den Armen,
vielleicht hat ja jemand Erbarmen.

Lässt ihn bei sich ruhn
und mal andere Wunder tun.

Besinnlichkeit

Besinnlich saß Hubert am Kaminfeuer, las Ralf Neubohns witzige Gartenschaubücher und ließ sich den warmen Tee gefallen. Vor dem Kamin räkelten sich ein paar Hunde und aus dem Radio erklang schöne Weihnachtsmusik. So harmonisch, so friedlich musste Weihnachten sein, um fürs nächste Jahr Kraft zu tanken! Ein langer, gemütlicher Abend lag vor ihm. Als seine Frau ins Esszimmer kam, fragte er: „Ob mir der Weihnachtsmann wohl etwas bringt?" Sie schaute ihn erstaunt an und meinte zweifelnd: „Hast Du es vergessen? Du bist der Weihnachtsmann und solltest Dich langsam auf den Weg machen!"

„Ups!", rutschte es dem Weihnachtsmann raus, bevor er zur Arbeit ging.

Weihnachtsüberraschung

Am Heiligen Abend saß der bekannte Autor Ludwig P. Lesi-Les mit seinen Teddys im Wohnzimmer, um mit ihnen zusammen Weihnachten zu feiern. Da Bären Honig mögen, gab es Honigkekse zum Kakao. Sie hörten gemeinsam schöne Weihnachts-CDs von Dean Martin, Frank Sinatra und Johnny Cash. Als Ludwig auf vielfachen Wunsch der Teddys die Udo Jürgens Weihnachtslieder laufen lassen wollte, klingelte es plötzlich an der Tür. Wer konnte das bloß sein? Hatten sie die Musik zu laut angehabt? Vor der Tür stand der Weihnachtsmann. Oder war es Ralf Neubohn? Der sah genauso alt aus und lief immer in seinem roten Bademantel rum, weil er stets vergaß sich umzuziehen. Nun, die Frage klärte sich schnell, als hinter dem Weihnachtsmann Rudolf das Rentier reinschaute. „Was willst denn Du?", fragte Ludwig. „Bringst Du mir meine Geschenke?"

Darauf kicherte der Weihnachtsmann: „Dafür bist Du viel zu alt. Ich bin hier um ein paar Deiner doofen Bücher zu holen, welche sich Kinder seltsamerweise zu Weihnachten wünschen. Darf ich daher ein paar aus Deinem Büro mitnehmen?"

Verärgert erwiderte der Autor: „Ja, nimm halt eine Handvoll mit. Aber dass Du hier Geschenke abholst, anstatt welche zu bringen, ist schon ein starkes Stück."

Der Weihnachtsmann lief mit Rudolf ins Büro und meinte entschuldigend: „Die Zeiten werden schlechter. Alle müssen sparen, auch ich."

Ludwigs Augen wurden immer größer, als der Weihnachtsmann Sack für Sack mit seinen Romanen vollgepackte und gemeinsam mit Rudolf fortbrachte. Gereizt maulte Ludwig die Tür schließend: „So ein alter Gauner! Ein paar Bücher sagt der Kerl und nimmt 5

Säcke Bücher mit! Bei dem muss wohl auch die schwarze Null stehen!" Da fiel ihm etwas ein. Der Weihnachtsmann sagte, er sei zu alt für Geschenke. Sah er wirklich so alt aus? Besorgt eilte Ludwig ins Bad und schaute in den Spiegel und zuckte erschrocken zusammen. „Nun, ja", dachte er. „Ich sehe wirklich nicht mehr wie ein Teeny aus. Aber Autor sein ist halt einfach auch sehr anstrengend. Lesungen, Bücher schreiben, Werbung machen." Da klingelte es schon wieder. „Wenn der Typ noch mehr Bücher von mir holen will, kann er was erleben!", brummelte der Autor vor sich hin. Er riss wütend die Tür auf und schrie: „Was ist jetzt schon wieder?" Im selben Augenblick verschlug es ihm die Sprache. Vor ihm standen der Ministerpräsident und der Bundespräsident. Wollten die etwa auch säckeweise Bücher holen?

„Entschuldigen Sie die Störung Herr Lesi-Les. Wir sind schnellstmöglich zu Ihnen gekommen, um Ihnen im letzten Augenblick das Bundesverdienstkreuz zu überreichen und Ihre Wohnung zu einem Museum zu erklären. Tausende Ihrer Leser werden nach Ihrem Tod hierher pilgern."

Ludwig verschlug es die Sprache. „Was soll das heißen? Eine Wohnung wird stets erst nach dem Tod des Autors zum Museum erklärt!"

Daraufhin meinte der Ministerpräsident verlegen nuschelnd: „Na ja, da Sie viel älter aussehen, als der Urgroßvater des Weihnachtsmannes, wollten wir schnell die Sache mit dem Museum und dem Bundesverdienstkreuz erledigen. Wissen Sie, das später posthum mit den Erben zu klären ist schwierig."

Wütend giftete der Autor: „So alt bin ich nicht und sehe auch nicht so aus. Ich bin erst 22 Jahre! Alt bin ich erst, wenn ich beginne zu verkalken, oder wenn die Zeitung an meinem Nachruf arbeitet!"

Damit schmiss er die Tür den beiden vor der Nase zu und eilte zum Telefon, welches schon lange klingelte. „Was ist?", fauchte er ins arme Telefon.

„Hier ist Berta Babbelbergle. Ich schreibe gerade für meine Zeitung den Nachruf auf Sie und wollte fragen, ob Sie vorher noch was dazu zu sagen haben?"

„Wieso Nachruf? Ich bin körperlich und geistig noch voll da!"

Berta erwiderte ungerührt: „Heute sollten Sie mit Herrn Neubohn die große Weihnachtslesung im Theater machen. Haben Sie das vergessen? Weil Sie nicht kamen, vermuteten alle, dass Sie im Sterben liegen."

Belehrend rief Ludwig: „Alt und Tod ist man erst, wenn die Wohnung zum Museum wird." Nachdem ihm dies rausgerutscht war, schwieg er nachdenklich und betreten...

Die Entführung

Als der Weihnachtsmann mit den Büchern Ludwigs zu den seltsamen Kindern flog, die solche blöden Bücher lasen, sah er plötzlich einen Menschen mit einer Gans an sich vorbeifliegen. Erstaunt blickte er ihm nach. Stimmte denn tatsächlich die Geschichte mit Nils, der mit einer Gans durch die Lüfte flog? Da hörte der Weihnachtsmann ein verzweifeltes Rufen: „Weihnachtsmann! Weihnachtsmann! Rette mich!"

„Was ist passiert?", fragte der rufend.

„Mein geplanter Gänsebraten hat mich geschnappt und entführt!"

Der Weihnachtsmann sah dem Fortfliegenden ungerührt nach, denn seine Arbeit rief nach ihm. Vorsichtshalber rief er per Handy seine Frau an, um sie zu warnen: „Hallo? Ich bin es! Künftig essen wir keinen Gänsebraten zu Weihnachten mehr. Das ist zu gefährlich!"

Seine Frau meinte nachdenklich: „So langsam wird es schwer, was ein ungefährliches Weihnachtsessen ist. Vor 15 Minuten hat der Weihnachtskarpfen den Nikolaus verschlungen. Vielleicht sollten wir wie Ludwig P. Lesi-Les ganz entspannte, ungefährliche, ruhige Weihnachten mit Honigkeksen und Kakao feiern. Da kann einem nichts Unangenehmes passieren."

Ob Ludwig dies nach seinem turbulenten Abend auch so sah? Die Weihnachtszeit ist voller Rätsel.

Die Weihnachtsfrau

Als der Weihnachtsmann spät abends heimkam, schaute seine Frau ihn fragend an. Er begriff nicht, was sie von ihm wollte. Alles Grübeln half nichts. Was sollte dieser Blick bloß bedeuten? Merkwürdig!

Da sprach sie: „Was schenkst Du mir denn zu Weihnachten?"

Der Weihnachtsmann erblasste. Verflixt! Er hatte schon wieder ein Geschenk für seine Frau vergessen! Wie konnte er sich nur aus der Affäre ziehen? Da fiel dem alten Schlitzohr ein, dass ein Kind ihm empört ein Buch von Ludwig P. Lesi-Les nachwarf. Es musste noch im Schlitten liegen! Geschwind holte er es und sagte liebevoll: „Hier ist Dein Geschenk. Du denkst doch wohl nicht, dass ich Dich vergessen würde?"

Sie meinte ironisch lächelnd: „Das wäre nicht das erste Mal gewesen!" Einträchtig begaben sie sich ins Wohnzimmer, tranken Kakao, aßen Honigkekse und freuten sich des Lebens. Bis sie zu lesen anfingen. „Dieses Buch ist ein furchtbares Gebrabbel! Jetzt weiß ich, warum die Autorin Berta Babbelbergle heißt."

Seine Frau hingegen schleuderte Ludwig P. Lesi-Les Buch verärgert ins Eck. „Wenn es stimmt, dass die Autoren die Handlung ihrer Bücher aus ihrem Leben schöpfen, dann ist dieser hier tot!"

Gut, dass der arme Ludwig dies nicht hörte, dem dieses Weihnachtsfest ohnehin zusetzte.

Der Weihnachtsmann und seine Gattin griffen ersatzweise zu Ralf Neubohns „Krimihäppchen" und schwelgten zufrieden in dessen morbiden Morden. So schön und idyllisch kann Weihnachten sein!

Königlicher Besucher

Währenddessen klapperte es an Ludwigs Tür. Stand dort wieder einer seiner unerwünschten Besucher? Besorgt eilte er an die Wohnungstür. Zufrieden seufzte Ludwig auf. Zur Katzentür kam königlicher Besuch herein. Seine Katze Cleopatra, zusammen mit ihrer ebenso majestätischen Freundin Lulu. Sie umschnurrten seine Füße und eilten dann ins Wohnzimmer zu den Teddys. Wenig zufrieden schauten sie die Honigkekse und den Kakao an. Sie wollten streng miauen, als ihr privater Kammerdiener Ludwig ihnen Katzenkekse und Milchschälchen brachte.

Zusammen feierten sie alle dann frohe Weihnachten, sangen, brummten und schnurrten unzählige Weihnachtslieder. So, wie die Leser/innen dieses Buches hoffentlich alle auch. Frohe Weihnachten Ihnen allen!

Carmen Neubohn

Der Tausch

Der Weihnachtsmann und der Osterhase treffen sich mitten im Sommer. „Was machst Du denn hier?", fragt der Osterhase den Weihnachtsmann.

„Ach, ich will bloß einmal den Sommer erleben. Wie ich oft gehört habe, soll der Sommer schöner sein als der Winter. Und da dachte ich, jetzt gehst Du mal raus und siehst nach, ob es wahr ist. Es ist auf jeden Fall wärmer."

„Logisch, wenn Du Deine Wintersachen an hast. Du hast nichts vergessen: den roten Mantel, die rote Mütze, die Handschuhe und die Pelzstiefel. Fehlt nur noch der Schlitten, der Geschenksack und natürlich Rudolf das Rentier", erwidert der Osterhase lachend.

„Nun gut, den Schlitten, den Sack und Rudolf brauche ich jetzt auch gar nicht. Außerdem braucht Rudolf seinen Schlaf", gibt der Weihnachtsmann zu. „Aber was soll ich denn sonst anziehen, ich habe nur diese Weihnachtsgarnitur?"

„Nun, das ist wirklich ein Problem. Lass mich überlegen", sagt der Osterhase und streicht mit seinen Vorderpfoten seine Schnurrhaare. „Ah, ich hab's. Komm mit mir, vielleicht habe ich was Passendes für Dich!" Und hoppelt los. Der Weihnachtsmann bleibt zuerst verdutzt stehen und folgt dann dem Osterhasen. Bei ihm zu Hause angekommen, bleibt der Weihnachtsmann vor der Höhle stehen. „Na, wo bleibst Du denn, komm doch rein", ertönt es von drinnen. Der Osterhase schaut nach draußen. „Ach, herrje, daran habe ich gar nicht gedacht, dass der Eingang zu klein für Dich ist. Und was machen wir jetzt?", fragt der Osterhase.

Der Weihnachtsmann schmunzelt: „Bin ich froh, dass ich meine Figur verändern kann, pass auf." Mit einem Fingerschnippen wird der Weihnachtsmann gerade so groß, dass er durch den Eingang passt, also so groß wie der Osterhase.

„Klasse", freut sich der, „jetzt komm rein." Zusammen wandern die Beiden durch die Gänge. „Wohin gehen wir eigentlich?", fragt der Weihnachtsmann. „Die Gänge sind so lang und überall gibt es Abzweigungen. Da kann man sich ja verirren."

„Also, wir gehen in mein Anziehzimmer, wo ich meine Sachen habe, die ich zum Anziehen brauche. Und zweitens habe ich so viele Gänge, damit ich die Ostereier horten kann, bis ich sie zu Ostern verteile," erklärt der Osterhase. Endlich, nachdem sie mindestens eine halbe Stunde gewandert sind, kommen sie im Anziehzimmer an. „So, mal schauen, was ich alles habe. Was Du brauchst, ist eine kurze Hose und ein kurzer Pullover. Zieh mal Deine Sachen aus und probiere diese hier." Der Osterhase legt jeweils drei verschiedene farbige Shorts und Pullover zur Seite.

Der Weihnachtsmann hingegen befolgt den Ratschlag. „Die ersten Sachen passen ja und die zweiten gehen gerade noch, aber die letzten Sachen, die passen ja gar nicht mehr," klagt der Weihnachtsmann.

„Aber Weihnachtsmann, was machst Du bloß?", ruft der Osterhase entsetzt. „Du sollst nicht alles auf einmal anziehen, sondern jeweils einen Pullover und eine kurze Hose. Das, was Dir am besten passt, das kannst Du haben. Los zieh mal das aus, was Du zu viel an hast."

„Ach, so?", fragt der Weihnachtsmann erstaunt. „Ich dachte, ich muss alles anziehen." Nach den Anweisungen zieht der Weihnachtsmann alles aus, bis auf eine kurze knallrote Hose und einen ebenso knallroten Pullover.

„Rot ist wohl Deine Lieblingsfarbe", bemerkt der Osterhase belustigt.

„Stimmt, wie hast Du das erraten?"

Mit einem Blick zeigt der Osterhase auf den abgelegten roten Weihnachtsmantel, die rote Mütze, die roten Handschuhe und die roten Pelzstiefel. In einem Spiegel erblickt der Weihnachtsmann sein Spiegelbild. Da sieht er nun einen Weihnachtsmann in kurzen Hosen und kurzem Pullover.

„Gar nicht übel" meinen Beide.

„Und ich darf beides behalten?", fragt der Weihnachtsmann. „Was kann ich für Dich tun? Hast Du einen Wunsch, den ich Dir erfüllen kann?"

Der Osterhase überlegt und meint: „Ja, da gibt es wirklich einen Wunsch. Ich möchte einmal Deine Rolle übernehmen."

„Wie meinst Du das? Willst Du wirklich den Weihnachtsmann machen? Überlege Dir gut, was Du Dir wünschst."

„Aber ja, genau das will ich", antwortet der Osterhase eifrig. „Einmal im Winter im Schlitten sitzen, mit Rudolf den Kindern in aller Welt die Geschenke bringen, die sich darauf freuen, den Weihnachtsmann zu sehen."

Der Weihnachtsmann mustert den Osterhasen und macht daraufhin einen Vorschlag. „Weißt Du was? Wir tauschen unsere Rollen. Du machst den Weihnachtsmann und ich übernehme zu Ostern Deine Rolle. Wie wäre das?"

Nun ist der Osterhase dran, den Weihnachtsmann zu mustern. Dann bricht die Begeisterung los und die Pläne werden geschmiedet. Der Weihnachtsmann erklärt dem Osterhasen alles, was er wissen muss. Es fängt an, die Geschenke zu besorgen, und hört mit der Pflege von Rudolf auf.

Der Osterhase gibt dem Weihnachtsmann Anweisungen, was er tun muss. Das fängt damit an, die Eier zu besorgen, und färben bis zur Verteilung der Ostereier.

„Hm, das ist leichter, als ich dachte", meint der Weihnachtsmann.

„Wann und wie muss ich eigentlich die Geschenke besorgen?", erkundigt sich der Osterhase.

„Hm, ich glaube fast, ich muss Dir ein Geheimnis verraten. Also höre gut zu und dass Du Dir das ja alles merkst! Außerdem darfst Du nichts und niemandem verraten. Kannst Du das?"

Empört sich der Osterhase: „Also wenn ich den Wunsch habe, Deine Rolle zu übernehmen, so ist das mein Ernst und meine Pflicht, alles zu befolgen, was Du mir mitteilen kannst. Das heißt auch ein Geheimnis für mich zu behalten!"

Befriedigt nickt der Weihnachtsmann „Gut, also höre zu."

Aufmerksam hört sich der Osterhase das Geheimnis an und nickt anschließend: „Ach, so. Das ist wirklich genial. Ja, wie ich vorher gesagt habe, werde ich nichts verraten."

Die Sommermonate vergingen, der Herbst kam. Im Refugium des Weihnachtsmannes sitzt der Osterhase und macht sich an die Arbeit, die Vorbereitung für Weihnachten. Als Erstes müssen Geschenke besorgt werden. Wie viel Geschenke es waren! Ach herrje, das war schwerste Arbeit. Vor allem das Verpacken. Mist, jetzt hat er doch tatsächlich das Geheimnis vergessen, nämlich, wie man sie am besten besorgt und verpackt.

Plötzlich schießt ein guter Gedanke durch den Kopf: „Ha, das wird lustig, ich werde statt Geschenken meine schon gesammelten Ostereier verteilen. Die kann man wenigstens essen." Gesagt, getan. Fleißig füllt der Osterhase die Säcke mit Osteiern. Einen Tag vor Weihnachten beginnt er mit den letzten Vorbereitungen.

Erst belädt er den Schlitten mit den Säcken, dann verkleidet er sich als Weihnachtsmann und zum Schluss wird Rudolf, das Rentier, vor den Schlitten gespannt.

Gut gefüttert sieht Rudolf den Weihnachtsmann verdutzt an. „He, Du bist doch nicht der Weihnachtsmann, Du siehst aus wie ein Hase."

„Ich bin kein normaler Hase, sondern ich bin der einzige, richtige Osterhase und vertrete dieses Jahr den Weihnachtsmann", erklärt der verkleidete Osterhase.

„Oha, das wird was geben", denkt sich Rudolf. „Na, an die Geschenke hast Du wenigstens doch gedacht, wie ich sehe."

Befriedigt nickt Rudolf mit dem Kopf. „Aber glaubst Du wirklich, dass Du den Weihnachtsmann ersetzen kannst? Du hast ja nicht mal seine Figur," bekommt der Osterhase zu hören.

„Warte wenn ich die Mütze anhabe, sieht man meine Ohren nicht. Außerdem habe ich einen künstlichen Bart besorgt, den ich mir anlege", erwiderte der Osterhase. Gesagt, getan.

Als Rudolf den Osterhasen wieder sieht, fängt er an zu lachen. „Weißt Du, wie Du jetzt aussiehst? Wie ein Sohn des Weihnachtsmannes!"

Verärgert setzt sich der verkleidete Osterhase auf den Bock des Schlittens, nimmt die Zügel in die Hand und schnalzt mit der Zunge. „Los, wir müssen los. Heute ist Heiligabend und wir haben viel zu tun."

Beim Anziehen der Zügel schießt Rudolf mit dem Schlitten in die Höhe und merkt dabei, dass dieses Mal der Schlitten nicht so schwer ist, wie sonst. „Haben wir nicht so viel zu tun? Der Schlitten ist nicht so schwer wie sonst", meint Rudolf.

„Tja, da muss ich leider etwas verraten. Der Weihnachtsmann, also ich meine den richtigen, hat mir das Geheimnis der Geschenke verraten und ich habe mir gedacht, dass ich stattdessen doch schon die Ostereier bringe."

Abrupt bleibt Rudolf in der Luft stehen und fragt entsetzt: „Was, wir haben keine Geschenke, nur Eier? Das ist ja schrecklich. Die armen Kinder!"

„Was heißt da nur Eier? Die sind erstens schön bemalt und zweitens kann man sie essen oder auch als Zutat für Kuchen, Kekse und so weiter nehmen. Und außerdem freuen sich die Kinder an Ostern, wenn sie Ostereier bekommen. Warum nicht auch an Weihnachten?", erwidert der Weihnachtsmann-Osterhase. „Komm jetzt, machen wir das Beste aus der Situation". Der arme, arme Rudolf, der sich blamiert fühlte!

Bei allen Stationen wunderten sich die Kinder, als sie ihre Ostereier sahen. Aber, oh Wunder, als die Kinder sie essen wollen, kommen tatsächlich die richtigen Geschenke heraus. Bei denen, die sich nichts aus Ostereiern machen und in die Küche kommen, da findet sich später ein leckerer Kuchen oder verschiedene Kekse.

Auch der Weihnachtsmann-Osterhase und Rudolf sehen es und wundern sich. Na, ja, Rudolf wundert es nicht so sehr, wie den Weihnachtsmann-Osterhasen. Spät in der Nacht, als sie wieder zu Hause ankommen, meint der Osterhase zum Rudolf: „Das ist ja merkwürdig, hast Du es auch mitbekommen?"

Rudolf nickt: „Da hat bestimmt der Weihnachtsmann seine Finger im Spiel gehabt."

„Glaubst Du wirklich?", fragt der Osterhase.

„Rudolf hat Recht, ich habe mitgeholfen!"

Erschreckt sehen sich der Osterhase und Rudolf um und sehen... den Weihnachtsmann.

„Ich habe Dich nicht aus den Augen gelassen", sagt der richtige Weihnachtsmann. „Ich habe es nicht zulassen können. Die Kinder sollen ruhig noch an mich glauben können. Es heißt ja an Weihnachten geschehen noch Wunder. Aber sonst habt ihr es gut gemacht."

Beschämt schüttelt der Osterhase den Kopf. „Nein, nein, ich habe alles falsch gemacht!"

„Nun, es ist vorüber. Du brauchst Dir keine Gedanken mehr drüber machen. Nächstes Jahr mache ich es ja wieder", beruhigte ihn der Weihnachtsmann.

„Und was ist jetzt mit Ostern?", fragt der Osterhase, „willst Du mich immer noch vertreten?"

„Nun, versuchen kann ich es ja mal", entgegnete der Weihnachtsmann.

Kurz vor der Osterzeit hört man den Weihnachtsmann brummeln und murren: „Verflixt, warum klappt denn das nicht?" Was man hört, sind seine nutzlosen Versuche, die Ostereier zu bemalen, ohne sich die Finger zu bekleckern. Seufzend gibt er auf, legt die weißen Eier unbemalt in die Strohkörbchen. Auch er verkleidet sich. Gut, die Größe stimmt mit der des Osterhasen überein. Wie der Osterhase sich den künstlichen Bart besorgt hat, so hat auch der Weihnachtsmann sich ein Bummelschwänzchen und flauschige Langohren besorgt. Wie sah er lustig aus. Mit rotem Pullover, und roten kurzen Hosen, Flauschohren und Bummelschwänzchen versteckt er an Ostern die Strohkörbchen mit den Eiern. Nun entdeckt er plötzlich, dass die Ostereier nicht mehr weiß, sondern schön bemalt waren.

Am späten Nachmittag, als diese Arbeit beendet war, geht er wieder in die Höhle zurück, wo ihn der Osterhase schon erwartet. „Nun, hat alles geklappt?", wird der Weihnachtsmann gefragt.

„Na ja, fast alles. Mit dem Eierfärben wollte es nicht so recht klappen", meint der Weihnachtsmann.

„Ja, jetzt habe ich meine Finger im Spiel gehabt" antwortet der Osterhase lachend. „Deine Fähigkeiten wirken bei Dir nur an Heiligabend, meine dagegen nur an Ostern. Es stimmt schon, dass es heißt: Schuster bleib bei deinen Leisten."

Ralf Neubohn

Wichtiger Hinweis

Als ich an diesem schönen Weihnachtsbuch schrieb, sagten mir viele Menschen: „Ja, nach dem Lesen dieses Buches wissen wir fast alles Wichtige über Weihnachten. Aber was ist mit Ostern?"

Ich fragte erstaunt: „Wieso Ostern?"

Darauf kam immer die Antwort: „Nun, weil es doch so viele ungeklärte Geheimnisse darüber gibt. Kann der Osterhase fliegen? Wo wohnt der Osterhase? Wie schafft er es, in nur einer Nacht in ganz Deutschland die Ostereier zu verstecken? Stimmt es, dass es den Hasen Rudolf mit der roten Nase gibt? Was passiert mit den Eiern, die nicht gefunden werden?"

„Stimmt" erwiderte ich. „Das sind wirklich wichtige Fragen. Ich werde sie in meinem nächsten Buch beantworten. Denn dies sind Sachen, die will wirklich jeder wissen. Außerdem ist so ein Osterbuch ein originelles Geschenk."

Ich ließ den Worten Taten folgen und begann sofort nach diesem Weihnachtsbuch an dem vielverlangten Osterbuch zu schreiben. Es wird vermutlich den spannenden Titel: „Auf der Suche nach dem verlorenen Osterei" tragen.

Viel Freude mit diesem wichtigen Werk und bis bald,

Ihr Ralf Neubohn

Michael Kerawalla

Young Carers

Mein Name ist Linda, ich bin zehn Jahre alt und habe noch einen kleinen Bruder mit Namen Tim. Er ist sechs Jahre alt. Vor vier Jahren starb unsere Mutter bei einem Verkehrsunfall, worauf unser Papa uns alleine weiter aufzog. Doch der ist vor zwei Jahren sehr schwer erkrankt und kann seither nicht mehr arbeiten. Die meiste Zeit muss er im Bett liegen, weshalb ich mich um den Haushalt und meinen kleinen Bruder kümmere. Dazu gehe ich natürlich noch zur Schule. Das alles kostet mich ziemlich viel Kraft, aber Papa hat sich damals so liebevoll um uns gekümmert, nachdem meine Mutter gestorben war, dass ich nun für ihn eingesprungen bin, jetzt, wo er kaum noch aufstehen kann! Versteht mich bitte nicht falsch! Ich will mich nicht beschweren, sonder mach das gerne, auch wenn es mich manchmal an den Rand meiner Kräfte bringt! Einkaufen, waschen, bügeln, kochen, Medikamente bereitstellen, meinem kleinen Bruder bei den Hausaufgaben helfen, da bleibt mir oft kaum noch Zeit, meine eigenen Hausaufgaben zu machen, aber ich nehme lieber die Strafarbeiten in Kauf, als Papa und meinen Bruder zu vernachlässigen! Ich habe es meinem Lehrer auch schon gesagt, dass ich zu Hause meinen kranken Vater pflege und mich um alles kümmere. Der meinte jedoch nur, ich brauche mir deshalb nicht einbilden, eine Sonderbehandlung zu bekommen! In der Schule haben wir vor einigen Tagen übers Heiraten im Unterricht gesprochen. Bis ich heirate, wird mein Papa sicher nicht mehr leben. Das hat mich sehr traurig gemacht, weshalb ich mit gesenktem Blick da saß. Leider hat das mein Lehrer missverstanden und mit mir geschimpft, ich solle jetzt nicht schon von meiner Hochzeit träumen, worauf alle anderen Schüler gelacht haben! Zuhause versuche ich immer stark zu sein und lasse mir meine Sorgen nicht anmerken, doch in der Schule, während der großen Pause, bin ich manchmal verzweifelt und weiß nicht weiter. Dann sitze ich weinend in einer

Ecke und hoffe, dass irgendjemand kommt und mich tröstet. Die Lehrer sehen mich zwar an, wenden sich aber jedes Mal ab und laufen einfach weiter. Meine Mitschüler halten mich auch schon für eine Heulsuse! Dann reiße ich mich eben wieder zusammen und mache weiter, weil mir sowieso niemand hilft! Die wenigen Verwandten sagen alle, sie haben zu wenig Zeit, um sich um Papa zu kümmern. Vor Kurzem war Weihnachten, doch da ging es meinem Papa ziemlich schlecht und ich musste nachts sogar den Krankenwagen rufen. Ich musste meinen verschlafenen Bruder mitnehmen, weil keiner da war, der sich um ihn kümmert. Wir waren die ganze Nacht im Krankenhaus. Erst am Mittag des nächsten Tages haben sie Papa, Tim und mich wieder nach Hause gefahren. In der nächsten Nacht hörte ich Papa leise weinen und sagen, dass es ihm sehr leid tut, dass er uns so viel Sorgen bereitet. Ich wäre am liebsten zu ihm gegangen, um ihn zu trösten, doch das wäre ihm nur noch peinlicher gewesen. So blieb ich liegen, während auch mir die Tränen kamen. Aber ich muss stark sein und hier alles am Laufen halten! Also habe ich meine Tränen herunter geschluckt und versuche weiter mich um die Familie zu kümmern. In der Schule haben dann meine Mitschüler erzählt, was für eine tolle Weihnachtszeit sie erlebten. Ich habe mich da rausgehalten und mich klammheimlich verdrückt, denn die wollen sicher nicht hören, wie wir den Weihnachtsabend in der Notaufnahme des Krankenhauses verbrachten! Ich weiß, dass Papa nicht mehr lange leben wird. Obwohl uns die Ärzte schon darauf vorbereitet haben, dass er bald von uns geht, ist der Gedanke daran für mich und Tim immer noch unerträglich! So versuche ich weiter es Papa so angenehm wie möglich zu machen und unterstütze ihn und Tim nach Kräften, auch wenn ich oft das Gefühl habe, es nicht mehr zu schaffen! Wenn Papa später nicht mehr bei uns ist, werden wir Waisenkinder. Ich weiß nicht, was dann aus uns werden wird und wie es weiter geht! Im Moment ist es noch zu schmerzhaft, darüber nachzudenken, deshalb nutze ich all meine Kraft um Papa zu helfen, wo ich nur kann! Doch sein Ende wird unweigerlich kommen und es gibt noch so viel zu bedenken und vorzubereiten! Ich hoffe, dass meine Kraft auch noch dafür reicht!

Sehr geehrte Leser,

obwohl diese Geschichte frei erfunden ist, wurde sie doch aus den zahlreichen Erlebnisberichten vieler Kinder und Jugendlicher zusammengesetzt, die tapfer jeden Tag ihre Eltern oder andere Angehörige pflegen! Dies geschieht meist im Stillen, ohne dass ihre Umwelt es mitbekommt. Dabei sind die meisten dieser jungen Helden mit ihrer Aufgabe überfordert, erhalten aber keinerlei Hilfe oder Verständnis von außen. Deshalb hat einer dieser Pflegenden zwei Internet-Seiten aufgebaut, wo junge Pflegende sich aussprechen können, um Rat und Hilfe zu erhalten, und wo zusätzlich konkrete Hilfsangebote dargestellt werden. Die Adressen dieser Seiten lauten:

www.young-carers.de

www.young-carer-hilfe.de

Dort finden sich neben zahlreichen Informationen über junge Pflegende (was die Übersetzung von Young Carers bedeutet) auch die häufig schockierenden Erlebnisberichte jener Jugendlichen, die zu meiner Geschichte beigetragen haben. Ich möchte damit auf das schwere Schicksal dieser jungen, mutigen Menschen aufmerksam machen und jeden darum bitten, sich einmal diese Internet-Seiten anzusehen. Vielleicht können wir gemeinsam diesen Menschen helfen und ihr schweres Leben durch unsere Hilfe ein wenig leichter machen!

Vielen Dank für Ihr Interesse!

Michael Kerawalla

Über die Autorinnen und Autoren dieses Buches:

Michael Kerawalla

Michael Kerawalla, geboren in Indien, ist Diplom-Biologe und hat im Jahre 2006 sein erstes Fantasybuch vollendet, dem bald darauf ein weiteres folgte. Dieses spielte in einer Unterwasserwelt. Bekannt ist er aber vor allem für seine vielseitigen Kurzgeschichten, die zusammengefasst in seinem dritten Buch erschienen. Er hat 2014 den „Neuen Literaturpreis Remstal" gewonnen.

Eigene Veröffentlichungen:
„Turoon", erschienen 2011, 316 Seiten. Tiefsee-Fantasy Roman.
„Jibby-Serie" Teil 1: „Die einsame Elfe", erschienen 2018, 176 Seiten. Fantasy-Roman.
„Homoroid-Serie" Teil 1: „Timuris Auftrag", erschienen 2018, 160 Seiten. Dystopischer Science-Fiction-Roman.
„GemAI-Serie" Teil 1: „Die missachteten Engel", erschienen 2019, 248 Seiten. Science-Fiction Roman über künstliche Intelligenzen.

Er veröffentlichte zusammen mit Ralf Neubohn in der Edition Nöck:
„Im Tal der Autoren", erschien 2014 und enthält auf 116 Seiten Kurzgeschichten der beiden Autoren.
„Live von der Gartenschau", erschien 2018 und enthält 96 Seiten Kurzgeschichten.
„Galaabend für die Gartenschau", erschien 2018 und enthält 60 Seiten Kurzgeschichten.
„Gartenschau Phantasie", erschien 2019 und enthält 72 Seiten Kurzgeschichten.
„Abschiedsvorstellung für die Gartenschau", erschien 2019 und enthält 96 Seiten Kurzgeschichten.

Ralf Neubohn

Ralf Neubohn hat bereits zahlreiche Bücher geschrieben bzw. herausgegeben und ist einem breiten Publikum durch zahlreiche Lesungen in Theatern, Kulturzentren und Kulturcafes bekannt. Er betreibt in Waiblingen ein angesehenes Buchantiquariat hat mehrere Literaturpreise gestiftet. Z. B. den „Neuen Literaturpreis Remstal".

Er veröffentlichte zusammen mit Michael Kerawalla in der Edition Nöck:

„Im Tal der Autoren", erschien 2014 und enthält auf 116 Seiten Kurzgeschichten der beiden Autoren.

„Live von der Gartenschau", erschien 2018 und enthält 96 Seiten Kurzgeschichten.

„Galaabend für die Gartenschau", erschien 2018 und enthält 60 Seiten Kurzgeschichten.

„Gartenschau Phantasie", erschien 2019 und enthält 72 Seiten Kurzgeschichten.

„Abschiedsvorstellung für die Gartenschau", erschien 2019 und enthält 96 Seiten Kurzgeschichten.

Carmen Neubohn

Carmen Neubohn wird als Autorin immer bekannter und beliebter, denn ihre Kurzgeschichten sind voller Humor und Herzenswärme. Ihre zauberhaften Texte sind in vielen Büchern Ralf Neubohns mit dabei. Z.B. in „Die zauberhaften Altbohns", „Gartenschau Magie" und „Herzlich willkommen Gartenschau".